DATE DUE

DEMCO, INC. 38-2931

CARLITOS FRIOLENTO

**Escrito por
Dana Meachen Rau**

**Ilustrado por
Martin Lemelman**

Children's Press®
Una división de Scholastic Inc.
Nueva York • Toronto • Londres • Auckland • Sydney
Ciudad de México • Nueva Delhi • Hong Kong
Danbury, Connecticut

PARA EL VERDADERO CARLITOS
—D. M. R.

PARA SAM
—M. L.

Especialista de la lectura
Katharine A. Kane
Especialista de la educación
(Jubilada de la Oficina de Educación del Condado de San Diego,
California y de la Universidad Estatal de San Diego)

Traductora
Jacqueline M. Córdova, Ph.D.
Universidad Estatal de California, Fullerton

Visite a Children's Press® en el Internet a:
http://publishing.grolier.com

Información de publicación de la Biblioteca del Congreso de los EE.UU.
Rau, Dana Meachen.
   [Chilly Charlie. Spanish]
   Carlitos friolento / escrito por Dana Meachen Rau ; ilustrado por Martin Lemelman.
      p. cm. — (Rookie español)
   Resumen: Carlitos siente frío por todo el cuerpo y necesita que alguien le de un abrazo para abrigarle.
   ISBN 0-516-22352-6 (lib. bdg.)   0-516-26208-4 (pbk.)
   [1. Frío—ficción. 2. Abrazos—ficción. 3. Cuentos rimados. 4. Libros en español.]
   I. Lemelman, Martin, il. II. Título. III. Serie.
   PZ74.3 .R335 2001
   [E]—dc21
                                                                   00-065714

GROLIER
PUBLISHING

Carlitos siempre siente frío

en los dedos de las manos,

y en los dedos de los pies.

Siente frío en los codos,

en las mejillas

y en la nariz.

¿Cómo puede abrigarse Carlitos?

¿Con una taza de chocolate calientito?

¿Cobijarle, bien envueltito?

¡No!

¡Carlitos necesita estar bien abrazadito!

Lista de palabras (32 palabras)

abrazadito	dedos	nariz
abrigarse	en	necesita
bien	envueltito	no
calientito	estar	pies
Carlitos	frío	puede
cobijarle	friolento	siempre
codos	la	siente
cómo	las	taza
con	los	una
chocolate	manos	y
de	mejillas	

Sobre la autora

Dana Meachen Rau ha escrito muchos libros para niños, incluyendo libros de ficción histórica, cuentos, biografías y varios libros de la serie Rookie Reader. También trabaja como ilustradora y redactora. Cuando no se encuentra ni utilizando la computadora para escribir ni buscando algún papelito desviado, toma chocolate con su esposo Chris y su hijo Carlitos en Farmington, Connecticut.

Sobre el ilustrador

Martin Lemelman está muy ocupado, viviendo su segunda niñez en Allentown, Pennsylvania, con su esposa Monica y sus cuatro hijos, todos los cuales son críticos del arte. Ha creado ilustraciones para muchas revistas y libros para niños. También es profesor del Departamento de Diseño en la Comunicación de la Universidad de Kutztown. Este libro es el primero en que colabora para Children's Press.